你會愛上月亮莎莎的五個理由……

快來認識牙齒尖尖又

超可愛的月亮莎莎！

她的媽媽用魔法把玩偶

「粉紅兔兔」變成真的了！

你最喜歡

哪種生日派對？

莎莎的家庭很瘋狂唷！

神秘迷人的

粉紅 X 黑色

手繪插畫

你生日的時候最想要舉辦哪一種生日派對？

把家裡佈置得像城堡一樣，再邀請所有同學來參加舞會。

（地方小女兒／7歲）

朋友都可以來的生日派對！塞滿整個家！蛋糕要超級巨大，還要有一千個禮物跟一大堆氣球！

（圓姐／9歲）

有游泳池的派對，
旁邊還有人烤熱狗。
（朵朵／6歲）

很嗨的那種派對！
裡面有小蛋糕，
大家都打扮成公主
來參加！
（阿紫／8歲）

滑板的生日派對，
因為我很喜歡跟朋友
一起玩滑板！
（胖球／8歲）

紅色的生日派對，裡面有
一顆超大的番茄，然後
所有餐點都是番茄做的料理！
（斯拉／6歲）

月亮莎莎家族

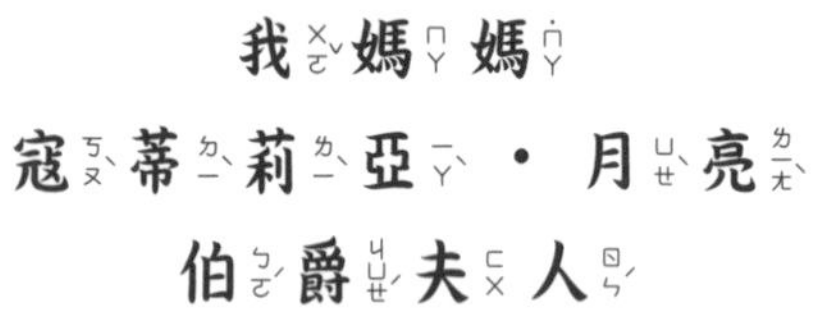

我媽媽

寇蒂莉亞・月亮

伯爵夫人

甜甜花寶寶

我爸爸
巴特羅莫・月亮
伯爵

我！
月亮莎莎

粉紅兔兔

國家圖書館出版品預行編目資料

月亮莎莎過生日／哈莉葉．曼凱斯特(Harriet Muncaster)文圖;黃筱茵譯.——初版二刷.——臺北市：弘雅三民，2022
　面；　公分.——（小書芽）
譯自：Isadora Moon Has a Birthday
ISBN 978-626-307-325-8（平裝）

873.596　　110014847

小書芽

月亮莎莎過生日

文　圖	哈莉葉．曼凱斯特
譯　者	黃筱茵
責任編輯	林芷安
美術編輯	黃顯喬
發行人	劉仲傑
出版者	弘雅三民圖書股份有限公司
地　址	臺北市復興北路 386 號 (復北門市)
	臺北市重慶南路一段 61 號 (重南門市)
電　話	(02)25006600
網　址	三民網路書店 https://www.sanmin.com.tw
出版日期	初版一刷 2021 年 10 月
	初版二刷 2022 年 9 月
書籍編號	H859650
ISBN	978-626-307-325-8

弘雅三民圖書

月亮莎莎

過生日

哈莉葉・曼凱斯特／文圖

黃筱茵／譯

三民書局

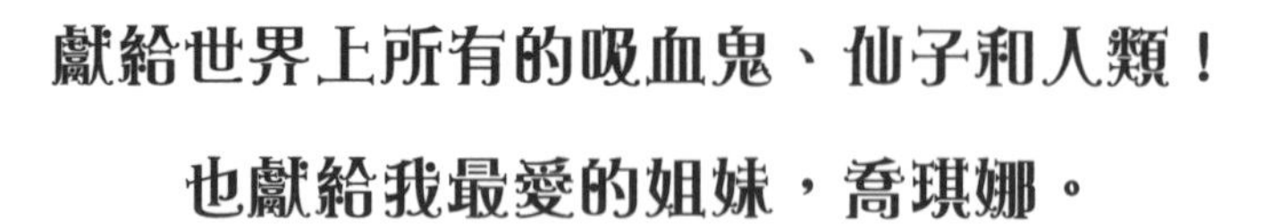
獻給世界上所有的吸血鬼、仙子和人類！

也獻給我最愛的姐妹，喬琪娜。

第一章

我是月亮莎莎！這是粉紅兔兔，他本來是我最愛的玩偶，後來媽媽用仙女棒把他變成真的了。不管我去哪裡，粉紅兔兔都會陪著我，連參加生日派對也是！

自從我開始上學後，參加過很多場生日派對，而且都是人類的派對唷！那些派對非常有趣，跟我們在家舉辦的派對很不一樣。因為我媽媽是仙子、我爸爸是吸血鬼，所以在我認識人類朋友前，只參加過吸血鬼派對和仙子派對。對唷，你沒聽錯！

所以，你知道我是誰了嗎？

我是吸血鬼仙子！

我算是吸血鬼，也算是仙子。

一開始我不確定自己到底該歸類到哪個族群，但是去了人類學校後，我發現每個人都不太一樣，而且那樣才是最棒的。

我最喜歡參加人類朋友們的生日派對了，因為每場派對都很不一樣！我等不及了！真希望我的生日趕快來臨，這樣我才能舉辦自己的派對。

「希望妳生日的時候，可以辦一場很棒的傳統吸血鬼派對！」爸爸說。

「嗯……」我說。

我不太確定自己想不想辦吸血鬼派對。我猜我的朋友們會覺得有點可怕。因為吸血鬼派對總是在深夜時分舉行，而且吸血鬼都很在意自己的外表，你得打扮得很時髦，頭髮還要梳得很整齊。

他們喜歡玩飛行遊戲，會用迅雷不及掩耳的速度在空中衝刺。我的翅膀永遠也跟不上，因為它們拍動得比較緩慢，像仙子的翅膀。吸血鬼也喜歡在派對上吃紅色的食物、喝紅色的果汁，可是我討厭所有紅色的食物。

「那來辦一場可愛的傳統仙子派對如何？」媽媽建議。

「那一定很棒！」

我記得四歲時媽媽幫我辦過的一場仙子派對，那是場游泳派對。仙子都熱愛大自然，所以我們到森林裡的野溪玩耍。溪水很冰涼，水裡長了許多水草，還有小魚在其中游來游去。

「真是讓人神清氣爽！」媽媽大喊著，和其他仙子客人一起跳進溪裡。

我站在水中發抖，粉紅兔兔則坐在石頭上。他討厭弄溼身體。

「我比較想跟學校的朋友們一樣，辦一場人類的生日派對，」我誠實的告訴爸爸和媽媽。「他們的派對好玩多了。」

「不可能！」爸爸說。「吸血鬼派對才是最好玩的，有那麼多美味的紅色食物耶！」

「我覺得再辦一場游泳派對也不錯呀。」媽媽邊說邊想像著。「游完泳，我們可以升營火，還可以編花冠。」

「我真的比較想辦人類的派對耶。」我說。「拜託嘛！人類的派對有超多好玩的事情！」

「有什麼好玩的事情？」媽媽懷疑的問道。

「這個嘛，上星期在柔依的派

對上，我們全部都要扮裝唷。就是要穿特殊的服裝。」

「難怪啊，我當時還在想妳為什麼要戴粉紅色的兔耳朵呢。」爸爸說。

「我扮成粉紅兔兔呀！」我回答爸爸。「粉紅兔兔則扮成我。真的超好玩！我們不僅吃了蛋糕和冰淇淋，也有禮物袋可以拿，甚至還玩了傳包裹的遊戲。」

「傳什麼？」媽媽說。

「傳包裹！」我回答。「包裹會在我們之間傳來傳去，最後一刻停下來的時候，還有一個驚喜藏在裡面！」

「聽起來好怪唷，」媽媽說。「那禮物袋又是什麼？」

「是在派對要結束時送給客人們的一個小袋子，」我解釋。「裡面裝滿了小禮物，還有一片用衛生紙包起來的生日蛋糕。」

「我不曉得人類還會吃衛生紙

耶。」爸爸說。

「上上個星期是奧立佛的生日，」我說。「派對上有一座跳跳城堡，還請來一位魔術師喔。」

「魔術師聽起來不錯。」媽媽說。她頓時雀躍了起來。

「他不是真的魔術師啦，」我很快接著說。「他不像妳會用仙女棒變真正的魔法。」

媽媽看起來很疑惑。「他為什麼不會？」她問。

我聳聳肩。「人類的派對都是這樣嘛。」

「聽起來好古怪。」爸爸說。

「我真的很想要辦一場人類的生日派對。」我說，盡可能露出一個天使般的微笑。

媽媽和爸爸各自嘆了口氣。

「嗯……那好吧。」媽媽說。

「我們今年就辦辦看人類的生日派對吧。」爸爸也同意了。

粉紅兔兔和我興奮的到處蹦蹦跳跳。

「謝謝你們！謝謝你們！」我大喊。粉紅兔兔沒辦法大喊，不過他開心的把手舉在空中揮舞。

　　等到開始籌備我的生日派對時，爸爸和媽媽做起事來似乎非常有條理。

「交給我們吧，」他們說。「我們不需要任何幫忙。」

「你們確定知道自己在做什麼吧？」我緊張的問他們。

「喔，當然囉！」爸爸說。「我們已經把所有點子都記下來了：傳包裹、魔術師、蛋糕、氣球、禮物、跳跳城堡、扮裝、禮物袋……」

「這一定會是妳有過最棒的一場生日派對！」媽媽說。

「還要準備邀請卡唷，」我告訴他們。「別忘了邀請卡。」

爸爸皺著眉，搔了搔頭，然後在清單最底下寫上「邀請卡」。

第二天，在學校上數學課時，外面突然傳來一陣翅膀拍打聲。

「天哪！那是什麼？」櫻桃老師說著，趕緊衝到窗邊。

一堆長著小小蝙蝠翅膀的信件正從空中蜂擁而來。它們現在正拍打著窗戶，想要進到教室裡。

「喔，我的天啊！」櫻桃老師驚呼了一聲。

我尷尬得臉都紅了。

「讓它們進來嘛！」奧立佛喊著。「來看看它們到底是什麼！」

「不要讓它們進來啦！」害羞的莎曼莎哀號著，縮在桌子底下。

信件們還是繼續用翅膀拍打玻璃，直到其中一封信發現一扇打開的窗戶。它向其他信件示意後，它們「啪、啪、啪」的拍打著翅膀，全飛了進來。最後一封接著一封，降落在我朋友們的桌子上。

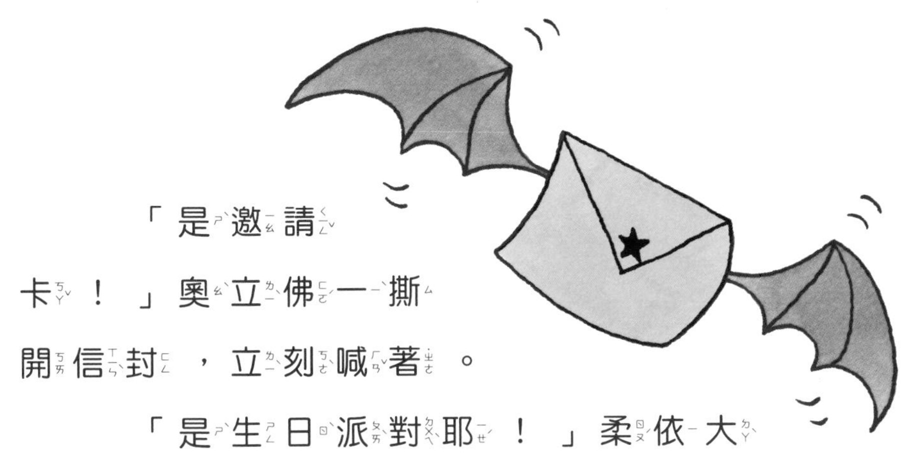

「是邀請卡！」奧立佛一撕開信封，立刻喊著。

「是生日派對耶！」柔依大喊。「在莎莎家！」

「還要扮裝喔！」另一位同學大叫。「我最愛扮裝了！」

所有小朋友開始興奮的七嘴八舌，不過櫻桃老師看起來不是很開心。現在她已經不那麼驚訝了，而是有一點生氣的樣子。

「莎莎，」老師說。「上課上到一半這樣搗亂，不太禮貌唷。」

我在椅子上把身體縮了起來，希望自己能當場消失。

「對不起。」我小聲的說。

親愛的奧立佛：

我們想邀請你參加
月亮莎莎的生日派對！
日期：本週六
地點：大大的粉紅色與
黑色屋子
時間：上午10點～
下午3點
★請回覆是否參加！★

PS別忘了要扮裝喔！

我下午回到家時快步走進廚房，看見爸爸和媽媽正在那裡忙著做派對的裝飾品。

「你們今天送來的那些蝙蝠邀請卡害我在學校被老師罵了。」我告訴他們。

爸爸看起來很驚訝。

「可是邀請卡很棒耶！」他說。「妳有看到嗎？我是用我最漂亮的手寫字寫的！」

「那妳的朋友們喜歡嗎？」媽媽問。

「嗯，喜歡……」我說。「可是人類的派對不是這樣發邀請卡的，你們知道吧？」

「不是嗎？」媽媽問。

「不是！」我說。

「人類發邀請卡都是自己交給對方啦。邀請卡不會有翅膀！」

「那多無聊啊。」爸爸說。他正在一面印著「**生日快樂**」的布條上貼星星。

「你們是在籌備人類的生日派對，沒錯吧？」我很擔心的問。

「對呀，」爸爸說。「別擔心。一切都在我們的掌控中。」爸爸輕輕拍了拍他那張清單。「我們完全依照妳的指示。」

　　我又瞥了清單一眼。

「傳包裹、魔術師、蛋糕、氣球、禮物、跳跳城堡、扮裝、禮物袋。」現在已經可以劃掉邀請卡這一項了。

　　「好吧，」我說，感覺放心了一點。「可是派對不必包括全部的東西啦，大部分的人類派對只會準備其中一項或兩項而已。」

　　「那當然囉。」爸爸心不在焉的說著。

　　於是我幫自己做了一個花生醬三明治，然後回到塔樓的臥室。

第二章

生日當天的早上，我一大早就起床了。外頭陽光閃耀、小鳥嘰嘰喳喳的叫著。我戳了戳粉紅兔兔，叫他起床。

「就是今天！」我跟粉紅兔兔說完，接著立刻跳下床，和他一起飛到樓下。

爸爸、媽媽，還有我的妹妹甜

甜花寶寶全都在廚房裡等我。桌上擺著早餐，我的座位前還放著一個粉紅色包裝、綁著亮晶晶緞帶的禮物。

「莎莎生日快樂！」爸爸和媽媽一起喊著。他們坐在桌子前微笑，媽媽的面前擺著一碗加了野莓的花蜜優格，爸爸則已經開始喝他的紅色果汁了。

吸血鬼都很愛紅色果汁。甜甜花寶寶坐在她的嬰兒椅上，開心的在空中揮舞她那瓶粉紅牛奶。

我在桌前坐下。

「我可以拆禮物嗎？」我興奮的問。

「當然可以呀！」媽媽說。「妳今年只有一個禮物，因為這項禮物非常、非常特別。」

我的手向前伸過去，正準備把禮物拿起來、拆開包裝時……

叮咚！

媽媽從我的手下方一把搶走禮物，然後迅速站了起來。

「一定是韋伯表哥！」她說。「看來他提早到了。我們不要讓韋伯看到莎莎的禮物，不然他會很嫉妒的。」

媽媽把禮物放到水槽下方的櫥櫃裡，接著便趕去開門。

「妳只好晚一點再拆禮物了。」爸爸說，他的語氣聽起來有點失望。

韋伯表哥進到廚房裡。

他穿著一件綴著銀色星星的黑色長袍，頭上還戴著一頂尖帽。

韋伯是個巫師，嗯，幾乎可以算是巫師了啦，他目前仍在接受訓練。但不僅如此，他還是個自大鬼。因為他年紀比我大，就以為自己什麼都懂。

「莎莎生日快樂！」他說。

接著，他得意洋洋的挺起胸膛，還把鼻子抬得高高的。

「我是妳生日派對的魔術師，」他跟我解釋。「我，偉大的韋伯！」

「可是……」我說。

「我可以變出很了不起的魔術唷，」韋伯繼續說。「妳的朋友們都會很佩服的。」

「你願意到莎莎的生日派對來幫忙，真是太好心了。」媽媽說。

「可不是嗎？」韋伯附和。

我皺起眉頭。「韋伯是真的魔術師耶，」我說。「但生日派對的魔術師只需要假裝變魔術啦。」

爸爸、媽媽和韋伯看起來都一臉困惑。

「欸，那也太愚蠢了吧，」韋伯不高興的用鼻子噴著氣。「人類的魔術師有辦法這樣嗎？」

他脫下帽子，捧在胸前。然後，在吐出一長串複雜難解的詞彙後，他把手伸進帽子裡……

「**啊啊啊啊！**」他尖叫。「**放開我！！**」

只見韋伯的手上掛著一隻很大的白兔，正用牙齒緊緊咬住他的手指頭。

韋伯不斷瘋狂的甩著手臂。

「**放開我！**」韋伯再次尖聲大喊。

粉紅兔兔用手摀住眼睛，甜甜花寶寶也哭了起來。

媽媽馬上從餐桌上拿起仙女棒揮了揮，白兔便消失得無影無蹤。

韋伯還在繼續甩動手臂，又尖叫了一陣後，才知道兔子已經不見了。他滿臉通紅——像他又紅又腫的手指一樣。

「呃，」他說。「看來我還需要再多多練習這項魔術了。」

「沒錯，那是個好主意。」爸爸急忙表示。「在客人抵達前，你何不再稍微練習一下？」

「他們就快來囉，」媽媽望著時鐘說。「我們今天準備了好多活動，所以事先邀請大家早點到。莎莎，妳最好趕快去換衣服！」

我的派對快要開始了！

一想到這，我的心臟開始怦怦跳，肚子也感覺怪怪的。

我握住粉紅兔兔的手，跑到樓上換衣服。穿上扮裝的衣服後，我開始感到有點緊張。

朋友們會不會覺得我的家人很奇怪？我以前從來沒有好好介紹爸爸和媽媽給大家認識。他們又會怎麼看待韋伯表哥？我希望他今天不要太愛現。

爸爸看到換裝完下樓的我時，他說：「真是太迷人了！妳看起來就像一隻蝙蝠！」

我對自己的服裝非常滿意，這是前一天晚上爸爸幫我做的。

我的髮帶上有黑色的絲絨耳朵，身上穿著有尖尖裙襬的黑色洋裝，腳上甚至還穿了爪子形狀的黑色蝙蝠鞋。我和粉紅兔兔在走廊上一起轉圈圈，直到……

叮咚！

第一位客人來了——是柔依！她穿著黑色的貓咪裝，和她的媽媽一起站在臺階上。

「莎莎，生日快樂！」她說，遞給我一個綁著大大粉紅色蝴蝶結的禮物。

「謝謝妳，柔依！」我說，突然覺得開心得彷彿快要爆炸了。

柔依的媽媽好奇的往走廊張望。「莎莎，我看到妳爸媽也扮裝了耶，」她說。

「真是太有意思了！妳媽媽穿的仙子裝好可愛，翅膀看起來很逼真耶！他們把房子裝飾得真棒！蝙蝠吊燈也非常適合這場派對。」

「那不完全是派對的布置啦……」我試著解釋，不過柔依的媽媽看了手錶一眼。

「我得走了。」她說。「柔依，我晚一點再來接妳唷！」她親了一下柔依的臉頰，接著匆匆忙忙的沿著花園小徑離開。

下一個抵達的是奧立佛，他打扮成一隻吸血鬼。

「太棒了！」爸爸看見奧立佛的裝扮時這麼說。「莎莎，我不曉得妳邀請了吸血鬼耶！」

「他不是真的……」我正準備解釋。

「我最好趕快去幫這位吸血鬼拿一些紅色果汁。」爸爸說著就急急忙忙的走向冰箱。

門鈴又響了。媽媽打開門時，打扮成仙子的莎曼莎害羞的站在門邊。

「喔！」媽媽尖叫。「莎莎，我不曉得妳邀請了仙子耶！太棒了，我們可以多聊聊大自然！」她牽著莎曼莎的手，帶她走進廚房。

等客人都到齊後，我們走到大廳。爸爸和媽媽把大廳裝飾得很棒，天花板垂吊著許多銀色星星，地板上還擺滿粉紅色和黑色的氣球。我的朋友們全都讚嘆不已。

有些人開始在屋內追著氣球跑來跑去，他們好像都很開心。

也許我的派對會很好玩，跟人類的派對一樣！我心想。

第三章

「來傳包裹囉！」爸爸用低沉而宏亮的聲音喊著。他已經戴上一副很時髦的太陽眼鏡，這樣早上的陽光才不會太刺眼。畢竟，吸血鬼通常白天都在睡覺，現在離他原本的起床時間還很久呢！「你們都知道遊戲規則，對吧？」他大喊。

「想當然你們肯定知道啦，因為你們是人類嘛！」

接下來，他從背後拿出一個很大的包裹。「請大家圍成一圈坐下！」爸爸說。

於是我和朋友們在地板上圍成一個圓圈，爸爸把包裹交給其中一個同學。

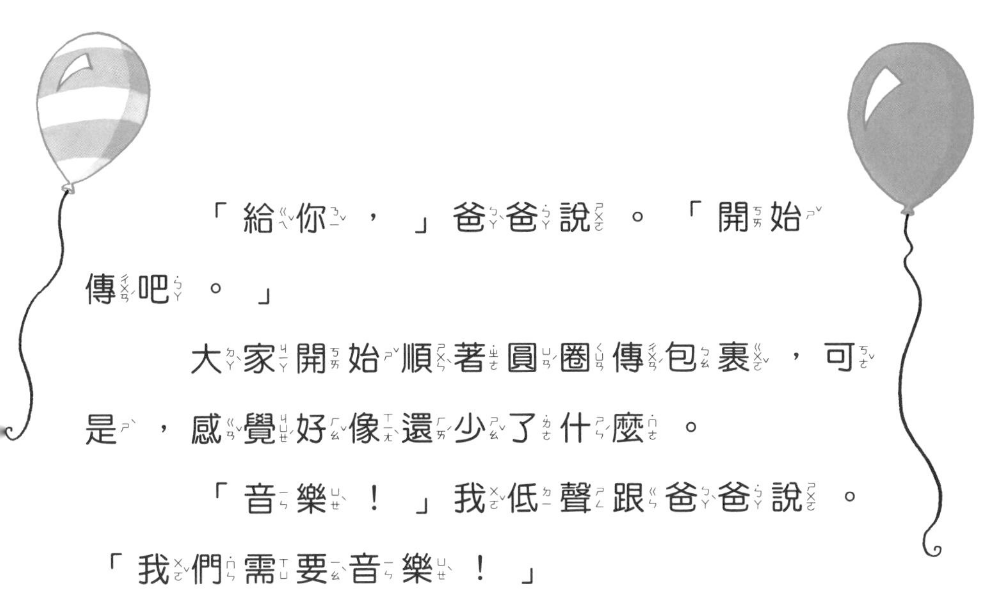

「給你，」爸爸說。「開始傳吧。」

大家開始順著圓圈傳包裹，可是，感覺好像還少了什麼。

「音樂！」我低聲跟爸爸說。「我們需要音樂！」

「音樂！」爸爸對媽媽大喊。

媽媽張開嘴巴，用清脆的嗓音唱起一首仙子歌曲，我尷尬得臉都紅了。有幾個朋友還開始咯咯笑了起來。

「這樣就對了！」爸爸喊著。「繼續傳，傳呀，傳呀傳！」

包裹順著圓圈不斷傳來傳去，在我們手中不停繞著圈子！我開始納悶媽媽到底什麼時候才會停止唱歌。正當我準備再次跟爸爸說悄悄話時，突然傳來一聲巨大的爆破聲響。

「**驚喜！**」包裹在奧立佛手中爆炸時，爸爸大喊。絢爛的煙火從包裹內噴射而出，衝入空中。

閃耀著粉紅色光芒的煙火和發出嘶嘶聲的閃亮星星在房裡四處打轉，環繞著整個房間。

「喔不！」我對粉紅兔兔說。

不過我的朋友們似乎並不介意。事實上，他們好像還很喜歡。他們全都站了起來，在落下的點點星光下，隨著媽媽的歌聲跳舞。

「真的好美！」柔依讚嘆，試著抓住一顆流星。

「太神奇了！」薩希大喊。

所有人都在跳舞，直到所有星光都墜落、媽媽的歌聲停止，大家才停了下來。

「輪到魔術師上場囉。」爸爸一面宣布，一面幫韋伯開門。韋伯像一陣風似的衝了進來，他的星星長袍跟著咻咻舞動。

「其實，應該叫我偉大的韋伯，」他糾正爸爸。「大家坐下，」韋伯霸道的說。「今天我要來變一個不得了的魔術。誰想變成一箱青蛙？」

我發出抱怨聲。一個叫布魯諾的男生把手舉了起來，韋伯示意他站到前面。

韋伯捲起袖子、閉上眼睛，高傲的挺起胸膛。接著，他用手指著布魯諾。

「阿里卡札姆香蕉！！」他唸著咒語。

只聽見「砰」的一聲巨響，一陣粉紅色的煙霧冒了出來。

布魯諾消失了，他原本站的地方出現一個大紙箱，裡頭傳來很吵雜的呱呱聲。

「**哇！**」我所有的朋友們異口同聲的說。「**太神奇了！**」

「就像真的魔法耶！」奧立佛說。

我們看著青蛙一隻接著一隻從箱子裡跳出來。

韋伯看起來對自己的表現滿意極了。

「看看牠們！」青蛙在屋內跳來跳去時，柔依大聲抱怨著。

「噁心，」莎曼莎說。「我最討厭黏答答的青蛙了。」

「我們繼續下一個魔術吧！」韋伯問：「誰想看我從帽子裡變出一隻兔子？」

所有人都發出歡呼聲，只有粉紅兔兔看起來很擔心。

韋伯戴上厚厚的手套。「以免兔子咬人，」他眨了眨眼睛，逗得所有人哈哈大笑。

「韋伯，」我擔心的喊著他。「那布魯諾怎麼辦？」

「他怎麼了？」韋伯說，準備把戴著手套的手伸進帽子裡。

「你應該要把他變回來，不是嗎？」我問。

韋伯看起來很驚訝。

「喔，」他說。「這個嘛，對，我是該這麼做。」

他把手從帽子裡抽出來時，手中握著一隻毛茸茸的白老鼠。

「那又不是兔子！」奧立佛笑著大喊。「那是老鼠！」大家現在都在大笑，他們覺得韋伯實在太滑稽了。

「喔，」韋伯很失望的說。

「真的耶。」

「韋伯！」我大吼。「你得把布魯諾變回小男孩啦。」

「好啦，」韋伯看起來有點不高興的說。「不過你們全都得幫忙抓青蛙喔。如果漏掉一隻，布魯諾恢復成人類的時候，可能就會少一隻耳朵之類的。」

我和朋友們趕快去找那些青蛙。

「我們不能讓布魯諾回家的時候少一隻耳朵啦！」我哀號著。

「我來幫忙！」媽媽說，一面把仙女棒舉到空中。但是韋伯不想要別人幫忙。

「不，不，」他說。「我一個人做得到！」

最後，我們總算把所有的青蛙放回箱子。大家都期待的盯著韋伯看，不過他好像有點緊張。

「你們不要都盯著我看，」他下令。「這樣我沒辦法集中注意力啦。」

韋伯轉過身，背對著大家揮舞雙臂。我們等待著。然後，在幾聲巨響和一陣陣煙霧後，布魯諾總算出現了。

「呱呱，」他說。

「喔！等一下唷。」韋伯說。他又揮舞雙手，唸了更多咒語。

布魯諾眨眨眼，看起來很疑惑的樣子。

但這次他張開嘴巴時，說出的不是呱呱聲，而是人類的語言。

「實在是太棒了！」他說。

我放心的鬆了一口氣。

「真是謝天謝地！」爸爸突然打岔。「我們該進行下一項活動了。」

「可是，巴特羅莫姨丈，我還沒有表演完耶。」韋伯生氣的說。

「你已經表演完了，」爸爸堅定的說。「我們現在要來玩跳跳城堡。」

我感覺精神一振。跳跳城堡耶！鐵定不會出問題的。看來我的派對還有機會變回一個普通的人類派對。

第四章

我們跟著爸爸和媽媽一起來到後院。接著，媽媽將仙女棒指著天空。一條銀色絲線從仙女棒頂端射了出來，套住空中一大朵蓬鬆的雲。她輕柔的把雲拉到地面，再用小釘子將它固定在草地上。

「雲朵可以當作很棒的跳跳城堡唷，」媽媽告訴大家。「比一般的跳跳城堡柔軟多了，彈力也比較好。」我皺起眉頭。我早該想到要求一座普通的人類跳跳城堡，對他們來說很難辦到。

可是我的朋友們好像都不介意。所有人看起來既驚訝又興奮，雙眼瞪得跟小碟子一樣圓。

「你們大家都可以跳上去唷，」媽媽說。「去跳一跳吧！爸爸和我要回去屋子裡，把蛋糕上的蠟燭插好。」

柔依是第一個脫掉鞋子，跳到雲上的人。

「好軟唷！」她彈上彈下的時候大喊。「我跳得好高！」

不久，我的朋友們全都跑到雲上。他們到處蹦蹦跳跳，還不斷爆出笑聲。看來這次應該不會出什麼差錯，所以我決定加入他們的行列——我脫掉鞋子、跳上雲朵。

「耶——！」我喊著。

我突然覺得好快樂，每個人都玩得好開心，就連莎曼莎也一樣！

我的派對就跟人類辦的派對一樣好玩！

「好像在飛！」奧立佛大叫。

我們跳得更高，又是大笑又是尖叫。這時，我看見韋伯從屋子裡走到花園。他靠近雲朵，抬頭盯著我們看。

「要不要幫你們把雲變得更有彈力呀？」他問。「我剛才沒有表演完，所以現在可以再為你們變一點魔術。」

「喔，好啊！」我的朋友們喊著。「請再變一點魔術嘛！」

我停止彈跳，然後從雲上跳到草地上。

「韋伯，我不覺得那是個好主意耶……」我說。

「為什麼？」韋伯說。「彈力更大就更好玩啊！來吧，我再來變魔術！」

他捲起綴滿星星的袖子，在空中擺動手臂。

「**卡布布布姆斯卡**！」他唸著咒語。接著一陣火花從他的指間迸發。

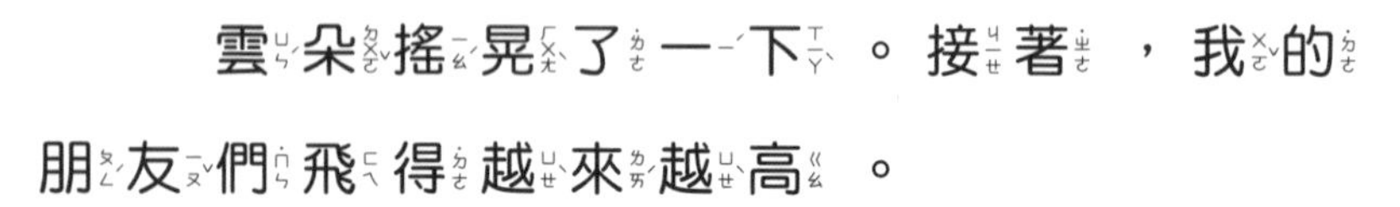

雲朵搖晃了一下。接著，我的朋友們飛得越來越高。

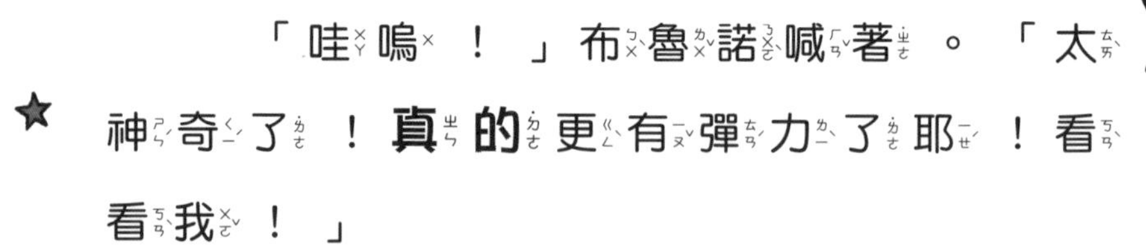

「哇嗚！」布魯諾喊著。「太神奇了！**真的**更有彈力了耶！看看我！」

「看吧？」韋伯說。「這樣好玩多了！」他還抱雙臂俯視著我。

「莎莎，妳放輕鬆點嘛。」他說。

但是我沒辦法放鬆，似乎有什麼事情不太對勁。雲朵不斷搖晃、震動，它沒辦法承受這些劇烈的彈跳。

「大家快下來！」我驚慌失措的大喊，因為雲朵已經從釘子上鬆開了。可是沒有人聽見我說的話，他們全都玩得太開心了。我拉住韋伯的袖子。

「你看！」我對韋伯說。「雲要飛走了！」

「它不會飛走啦！」韋伯翻著白眼說。

「它會！」我堅持。

我指著固定在草地上的小釘子，它們正一個一個從地上彈起來，雲朵也開始慢慢升上天空。

「喔，」韋伯說，很害怕的盯著雲看。「糟糕！」

「我就說吧！」我生氣的說。

我們望著雲朵越飄越高。

「你快想想辦法呀！」我對韋伯說。

「我沒辦法把雲從天上帶下來啦！」韋伯說。

「巫師學校要到下個學期才會教這個法術耶。」

「我去叫媽媽來，你留在這裡別動！」我大喊。

我跑進廚房，爸爸這時正在一個巨無霸蛋糕上插最後幾根蠟燭。

「哇，莎莎，妳現在還不能看到蛋糕！」他說。

「我有急事！」我告訴爸爸。「媽媽呢？」

「她得上樓一下，」爸爸說。「甜甜花在哭，她需要喝一些粉紅牛奶。」

「喔，糟糕了，糟糕了！」我哀號著。

「怎麼了嗎？」爸爸問。

我正要解釋時，剛好看見我最需要的東西就放在廚房桌上——媽媽的仙女棒。於是我抓起仙女棒往屋外跑。

韋伯這時還站在原地，盯著天空看。「在那邊。」他指著遠方一個小黑點對我說。

那個點看起來又小又遠，我快沒時間了，所以趕緊拍動翅膀，飛到空中。

我盡可能用最快的速度飛行——比以往還快——可是還是花了好一陣子才追上那朵雲。最後，我總算飛得近到能聽見朋友們的聲音。現在已經沒有人在跳了，他們坐著不動，看起來很害怕。

有幾個人趴著，從雲朵的邊緣向外張望。他們看著底下遠得不得了的地面，眼睛張得又大又圓。粉紅兔兔還用手摀住臉。

「莎莎！」當我輕輕降落在雲上，坐下來喘口氣的時候，柔依喊著我的名字。「我們還以為妳不會來了！」

「我們以為自己會永遠被困在天空中了！」奧立佛說。

粉紅兔兔跳了過來，伸出雙手抱住我的腿。

「對不起，」我說。「都是我的韋伯表哥啦，他不該對雲施魔法的。」

「不過現在妳來了，我們就安全了，對吧？」莎曼莎問。

我不是很有信心——畢竟我只是半個仙子，而且用仙女棒又不是我的強項——不過我還是強迫自己露出微笑，彷彿困在一朵雲上，還

飄在半空中，是一件再正常不過的事了。

「喔，對呀，」我說。「別擔心，我會想辦法帶大家下去的，我帶了媽媽的仙女棒。」我把仙女棒舉到空中，頂端的粉紅色星星在陽光下閃耀著。

「太好了！」奧立佛說。「我們得救了！」

我緊張得閉上眼睛，不確定自己能不能把雲和朋友們都帶回地面，但是我必須試試看。

我在心裡想像雲朵緩緩飄回地面的樣子。接著，我揮舞仙女棒，張開眼睛。

什麼事都沒發生。

喔，糟糕，我焦慮的想著。我閉上眼睛再試一次。這一次更專注的想著雲朵。

我想像它不斷往下、往下，再往下沉……然後，我使盡全力揮動仙女棒。

不過，當我再次張開眼睛，還是什麼事都沒有發生。

「喔，糟糕。」我大聲說道。

「怎麼回事？」莎曼莎用充滿害怕的微弱聲音問。

「我不確定自己能不能辦到，」我誠實的說。「這需要很高深的魔法……我只會一些比較簡單的法術。而且……而且我常常記錯咒語。」

還記得有一次在仙子學校，我試著要變出胡蘿蔔蛋糕，卻只變出一個長了蝙蝠翅膀的胡蘿蔔。而且它還在教室裡到處亂飛，弄得一團亂。

「喔，天啊！」莎曼莎聽起來很害怕。「那我們要怎麼下去？」

「我們得想想其他辦法，」柔依說。「一定還有別的方法。」

莎曼莎瞇起眼睛，好像很用力思考的樣子。再次張開雙眼時，她看起來沒那麼驚慌了。

「我媽媽總是告訴我，」她說。「有時候，即使是小事情也能帶來轉機。所以，也許只需要一點小小的魔法，就可以把我們從這一大團混亂中拯救出來。我們得想一個妳會的咒語！」

莎曼莎指著自己仙子裝上的翅膀。「妳可以把我的翅膀變成真的嗎？」她問。

我看著她的翅膀。比起雲朵，她的翅膀真的很小。

「我可以試試看。」我說。

莎曼莎環顧所有穿著奇特服裝、坐在雲上的朋友們。她指著身穿噴火龍裝的布魯諾。

「妳也可以把布魯諾的龍翅膀變成真的嗎？」她問。

我看著縫在布魯諾噴火龍裝背後的布翅膀。

「應該可以喔！」我興奮的說。「我覺得我可以辦到！」

「那好，我有個主意，」莎曼莎說。「看看我們有幾個人衣服上有翅膀……布魯諾有龍翅膀，我有仙子翅膀，薩希有蝴蝶翅膀，奧立佛有披風，還有，當然囉，妳有真正的翅膀！如果妳能用魔法把這些翅膀都變成真的，我們之中就有一半的人能飛了……」

「我們可以互相幫忙，讓大家都飛回我家的花園！」我說。「莎曼莎，妳是天才！」我給她一個大大的擁抱，她的臉立刻變得像媽媽的頭髮一樣粉紅。

「我們來試試看吧。」我說。

我們先從布魯諾開始。

我用媽媽的仙女棒指著他小小的龍翅膀，並想像它們開始拍動起來的畫面。

一開始並沒有成功。翅膀只是變了個顏色，又長滿斑點。

不過我試了幾次後，布魯諾的翅膀微微抽動了一下，接著真的開始不停拍動。

布魯諾隨即飛到空中。

「哇！」他大喊。「看看我！」

接下來輪到莎曼莎的翅膀，我只試了兩次，她的翅膀就開始拍動了。

「啊——！」莎曼莎飛到空中時發出了尖叫。

「有用欸！」柔依興奮的大喊。雖然我知道，她有點後悔自己當初沒有選一套有翅膀的裝扮。

現在我比較能掌握仙女棒了，唸最後兩次咒語時也覺得很容易。奧立佛和薩希升到空中後開心的尖叫。

「好了，大家，」我說。「現在我們得互相幫忙，會飛的人要跟不會飛的人手牽手。」

我一隻手牽著柔依，另一隻手握住粉紅兔兔。不久，我們所有人都飄到空中。

「我們得緊緊靠在一起才行。」我對大家說。

「我好怕！」莎曼莎看著雲朵下方恐懼的說。地面似乎變得非常遙遠。

屋子和樹看起來都很迷你，像一個個小巧的模型。

「莎曼莎，別怕！」我再次鼓勵她。「飛行很好玩喔！」

「真的很好玩！」布魯諾也附和著。「真希望我能一直飛！」

「我**愛**飛行！」奧立佛大喊。

我們所有人一起慢慢拍著翅膀，飛離那朵雲。現在，我們腳下除了空氣之外，空無一物。這種狀況我當然很習慣，可是對我的朋友們來說並非如此。

「啊——！」莎曼莎尖叫。

「哇！」奧立佛說。

我指著遠方一個粉紅色和黑色的小點。「你們看！」我說。「那是我家！我們就是要去那裡。大家跟我來吧！」

我、柔依，還有粉紅兔兔一起飛到隊伍最前端。我的小蝙蝠翅膀不斷用力拍動。

「我看到我們的學校了。」柔依說。「你們看，那是公園！從上面看到的景色好不一樣。」

「所有東西都好小唷！」薩希說。

現在我們飛得離家更近了，不過我還是只能分辨得出塔樓臥室的窗戶。花園裡似乎有三個點動來動去，是爸爸、媽媽，還有韋伯，他們正在揮手。不一會兒，他們當中有兩個人衝上天空，朝我們飛來。

「喔，我的天呀，」媽媽飛到我們身旁時說。「我們好擔心！」

「**超級**擔心！」爸爸也說。「我們不曉得那朵雲飛到哪裡去了。等我們回到花園時，它就已經不見了！」

「完全消失了！」媽媽說。「喔，真高興你們都很安全。」

我們飛過花園的圍籬，輕輕降落在草地上。

「韋伯已經把事情的經過告訴我們了，」爸爸說，嚴厲的看了韋伯一眼。「莎莎，妳去救朋友的行為真的很勇敢喔。」

「這不完全是我的功勞啦，」我說。「莎曼莎幫了很大的忙。要不是因為她絕妙的點子，我們現在可能還困在雲上呢。是莎曼莎拯救了大家。」

「嗯，這樣的話，」媽媽說。「莎曼莎，謝謝妳唷！我們來為莎曼莎歡呼三次！」

大家都為莎曼莎歡呼，她的臉又因此紅了起來。不過，我看得出來，她既自豪又開心。

「用雲當跳跳城堡也許不是什麼好主意，」媽媽說。「對不起，我好像做得太過頭了。應該訂一個普通的跳跳城堡就好，下次我會這麼做的。」

「**不要嘛**！」我所有朋友們大喊。

「雲朵好玩多了！」薩希說。

「莎莎，我們看得出來，這場派對讓妳壓力很大，」爸爸說。「從現在開始，我們會試著表現得正常一點。」

「**不要啦**！」我所有朋友們再次大喊。「拜託不要改變嘛！」柔依哀求著。

「莎莎，我們喜歡妳和妳家人原本的樣子。」

「對呀，真的啦！」奧立佛說。「我們好喜歡你們家的與眾不同！」

「你們繼續做自己就好了！」布魯諾說。

看著身邊的每一個人，我的臉上忍不住揚起大大的微笑。我真的太開心了！我甚至也對韋伯表哥露出微笑。

「真的嗎？」我說。「你們不介意被困在半空中的雲朵上嗎？」

「那比普通的跳跳城堡好玩太多了！」奧立佛說。

「不過我現在有點餓了。」布魯諾說。

「那現在就來吃蛋糕吧！」爸爸說。

第五章

我們跟著爸爸回到廚房。

桌子正中央擺著一個巨大無比的蛋糕，上頭以滿滿的星星、蝙蝠和條紋圖樣作為裝飾，糖霜上還插著好幾百根蠟燭。

「好多蠟燭唷！」莎曼莎說。

「吸血鬼和仙子的派對都是這樣慶生的。」我很自豪的解釋。

爸爸和媽媽低頭對著我微笑，然後所有人開始唱起歌。

「**祝妳生日快樂，祝妳生日快樂，莎莎生日快——樂——**」

我很努力要吹熄所有的蠟燭，但實在太費時了，最後大家不得不一起幫忙吹蠟燭。

接下來，爸爸開始切蛋糕。

「最上面一層是紅色蛋糕，」他說。「專為吸血鬼特製的。」他給了奧立佛一片蛋糕。

「第二層蛋糕是為仙子特製的，」媽媽說。「蛋糕裡有花瓣。每一口的味道都不一樣唷！」

她切下一片仙子蛋糕，遞給莎曼莎。

「其他層都是一般的人類蛋糕，」爸爸說。「誰想來一片？」

所有人都舉起手來，可是沒人想吃一般的人類海綿蛋糕，他們全都想吃仙子蛋糕或是吸血鬼蛋糕。

「好好吃唷！」奧立佛說。

「你可以配點紅色果汁一起享用。」爸爸說，從冰箱裡拿了一盒紅色果汁給他。

「這是我這輩子參加過最刺激的派對！」柔依開心的說。

「派對就快要結束了，我好難過唷。」莎曼莎說。

「嗯，記得要拿禮物袋再離開唷。」爸爸說完，趕緊去準備禮物袋。

他回來時，遞給我的朋友們一人一包禮物。

「喔，」薩希從自己的禮物袋拿出一樣東西。「這是什麼？」

「一包種子，」媽媽說。「妳可以種出自己的花。大自然可是非常重要的喔！」

「袋子裡面也有蛋糕唷，」爸爸說。「按照規矩，包在衛生紙裡。」

「我拿到一罐髮膠耶！」布魯諾大喊。

「我拿到花冠！」莎曼莎說。

「我的袋子裡有牙膏欸！」奧立佛摸不著頭緒的說。

「那是很特別的牙膏，」爸爸說。「它能讓你的吸血鬼牙齒又白又亮，超重要！」

奧立佛看起來很驚訝。「可是我的吸血鬼牙齒是假的耶！」他說，接著把手放進嘴裡，拉出一對塑膠假牙。

爸爸的眼珠子差一點就要掉下來。

「什麼……!?」爸爸幾乎說不出話來。

「我在扮裝店買的，」奧立佛說。「只要二十元！」

「二十元！」爸爸倒抽了一口氣。「太過分了吧！」

爸爸還沒從震驚中平復，門鈴接著響起。我的朋友們該回家了。

柔依最後一個離開。

「莎莎再見，」她說，給了我一個溫暖的擁抱。「謝謝妳辦了這場好玩的派對！」

「謝謝妳來參加！」我說。我也真心這麼認為。

「呼！」柔依和她媽媽的身影消失在前院的小徑後，爸爸把身體靠在門上說。「我快累死了！」

「我也是！」媽媽說。

韋伯這時溜進走廊。

「阿姨、姨丈，我也要走了！」他說。

「啊，韋伯！」爸爸說。「我忘記你還在這裡了。謝謝你今天的……幫忙。」

韋伯撥弄著自己的星星巫師帽，看起來有點不好意思。

「嗯嗯，」他說。「這沒什麼啦。」然後，他看著我。

「莎莎，對不起，」他生硬的說。「我今天應該要多聽聽妳的意見的。」

然後，在我回話以前，他飛快的從前門離開了。

我很震驚，韋伯剛才跟我**道歉**了耶！

我跟著爸爸和媽媽回到廚房拆禮物時，還是覺得驚訝得不得了。媽媽打開水槽下方的櫥櫃，拿出那個還沒拆封的禮物。然後，我們圍坐在桌子前。

「這個禮物非常特別喔。」媽媽將禮物遞給我。

「妳今天證明自己已經到了可以好好使用它的年紀。」爸爸微笑著說。

我拆開又細又長的包裝。會是什麼東西呢？

祝莎莎
生日快樂

「一支……仙女棒！！」

我大聲尖叫，從椅子上跳躍到半空中。「是我專屬的仙女棒耶！謝謝你們！謝謝你們！」我繞著廚房跳舞，還一邊揮舞著仙女棒。一串串火花從頂端的星星冒了出來。「這是我收過最棒的禮物了！」

爸爸微微一笑，一隻手臂環抱著媽媽。媽媽則打了個呵欠，把頭靠在他的肩膀上。兩人都閉上了眼睛。

「我們很高興妳喜歡。」他們用快睡著的聲音喃喃的說。

粉紅兔兔和我又吃了一片蛋糕，然後漫步回到大廳。我四處揮舞自己嶄新的仙女棒，練習對各種小小的東西施展魔法。

我改變了氣球的顏色，還讓其中一顆氣球在空中轉了一圈。

接著，我在朋友們送的禮物堆旁坐了下來。

「總之，這個派對真的很好玩，對吧？」我說，一邊把手指上的糖霜舔乾淨。

粉紅兔兔點點頭。

「我是說，過程中是有點驚險啦，」我說。「可是到最後，我覺得一切都很不錯。我的朋友們都很享受這場派對，對吧？」

粉紅兔兔又點點頭，接著窩進我懷裡。

「爸爸和媽媽真好，幫我辦了一場這麼棒的派對，」我說。「我很高興他們是他們。如果他們跟現在有任何不同，我就不會是我了！我真的好喜歡當吸血鬼仙子！」

我把第一件禮物放到膝蓋上，開始拆開包裝。

「我也很高興我的朋友們就是他們原本的樣子，」我繼續說。「他們全都好特別！」

粉紅兔兔露出疲倦的微笑，打著呵欠。

「我過了一個很棒的生日，」我說。「不過……明年的生日派對我還是決定要自己來辦！」

扮裝店
營業中

莎莎很愛扮裝。
你最喜歡哪一套服裝呢？

恐龍

冰淇淋

公主
女巫

扮裝活動

該怎麼扮裝成月亮莎莎和她的家人呢？一起來看看！

扮裝成月亮莎莎需要：

- ☐ 亂亂的頭髮
- ☐ 小尖牙
  DIY：用可水洗的無毒顏料畫在下嘴唇上
- ☐ 尖尖的仙子耳朵
  DIY：把厚紙板剪成三角形，黏在髮圈的兩側
- ☐ 蝙蝠翅膀
  DIY：下載下方QRcode裡的素材試看看自己做！
- ☐ 仙女棒
  DIY：用厚紙板或樹枝製作，記得前端的星星要黏上亮粉或鋁箔紙，才會閃閃發亮！
- ☐ 粉色或黑色，且有一點點白色點綴的服裝（黑色芭蕾舞衣當然也很棒！）
- ☐ 黑白相間的緊身褲襪（或粉白相間的褲襪）
- ☐ 舒服的粉色或黑色鞋子

右翅

左翅

扮裝成粉紅兔兔需要：

- □ 帶有黑白斑紋的粉紅色耳朵

  DIY：用厚紙板上色，耳朵背面可使用衣架加強支撐，再用膠帶固定在髮帶上

- □ 好多好多件粉紅色衣物，上面畫上黑色的縫線

  DIY：縫線可用較粗的黑色毛線縫，也可用水性簽字筆畫上去！

- □ 毛茸茸的白色小尾巴

  DIY：把一顆絨毛球或人造毛塞進腰帶，也可用安全別針別在腰上

- □ 粉紅色鼻子和臉頰（非必要）

  DIY：記得用適當的臉頰彩繪用具喔！眼睛周圍要塗成黑色！

- □ 粉紅色手套（非必要）

扮裝成寇蒂莉亞・月亮伯爵夫人需要：

- □ 花冠
- □ 飄逸的粉紅色長髮
- □ 粉紅色洋裝，有花朵圖案更佳
- □ 粉紅色的星星仙女棒
- □ 粉紅色鞋子
- □ 插在頭髮上的花（非必要）
- □ 粉紅色的毛線外套（非必要）
- □ 粉紅或黑色星星手提包（非必要）

扮裝成巴特羅莫・月亮伯爵需要：

- ☐ 用髮膠梳出平整滑順的髮型
- ☐ 尖牙
- ☐ 黑色的長斗篷
- ☐ 白襯衫
- ☐ 細條紋長褲
- ☐ 尖尖的黑色鞋子
- ☐ 有一盒紅色果汁更好！

月亮莎莎 系列 1～4 集可愛登場！
你看過多少本了？

快來看看莎莎跟她與眾不同的家人
又會發生什麼精彩好玩的故事吧！

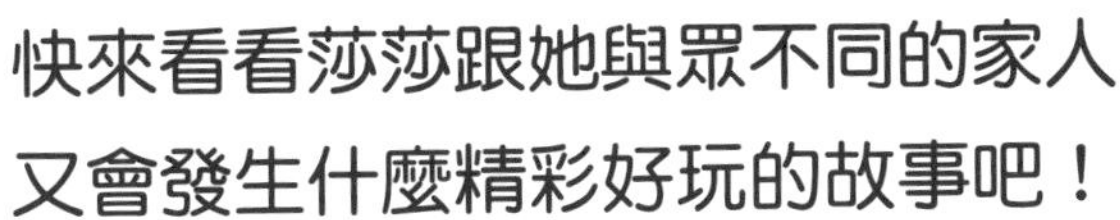

她媽媽是仙子，她爸爸是吸血鬼，而她自己嘛，是**仙子**也是**吸血鬼**唷！

她喜歡夜晚、蝙蝠和她漆黑的芭蕾舞衣，但她也同樣喜歡陽光、仙女棒，當然還有粉紅兔兔！

但是當莎莎準備要去上學時，她開始煩惱自己究竟屬於哪裡？她到底該去**仙子學校**，還是**吸血鬼學校**？

月亮莎莎去露營

莎莎全家去海邊露營的時候，發生了一些不太尋常的事情……

潛進五彩繽紛的海底世界、跟美人魚交朋友……

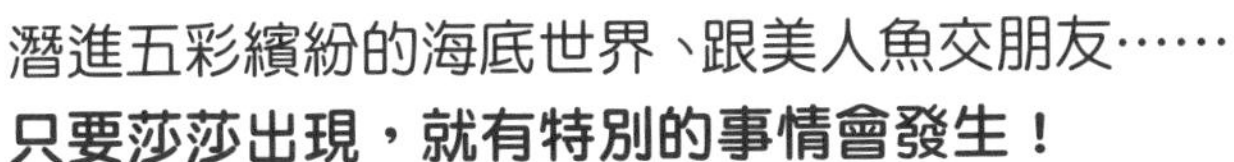

只要莎莎出現，就有特別的事情會發生！

莎莎很愛跳芭蕾舞，尤其愛穿著自己漆黑的芭蕾舞衣跳舞。沒想到班上的校外教學正是要去劇院看表演！她等不及跟全班同學一起欣賞真正的芭蕾舞演出了！

只是，當舞臺的布幕升起，
粉紅兔兔怎麼會出現在舞臺上？